日本の詩

いのち

遠藤豊吉 編・著

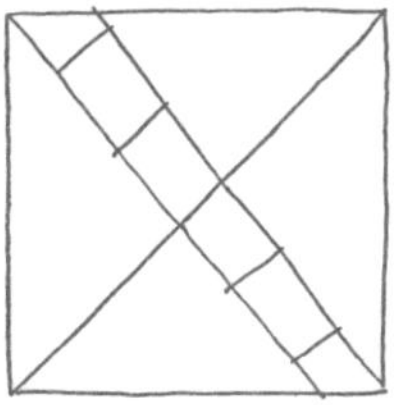

小峰書店

MARGARINE

人はいったいいかなるときに〈いのち〉の実在感《じつざいかん》を自分のものとして実感《じっかん》するのだろうか。人間の愛《あい》を意識《いしき》し、生きてあることのよろこびを、わが胸にしかと確かめえたときであろうか。人生をあゆむ過程《かてい》で挫折《ざせつ》を体験し、絶望《ぜつぼう》にうちひしがれたときであろうか。あるいは親しい人の死に出合い、かなしみに胸ひきさかれたときであろうか。

人はよく〈いのち〉のだいじさをいう。なぜ？　そのなぜに答える〈いのち〉の形を、ここにおさめた数々の詩のなかにさぐってほしい。

遠藤豊吉

日本の詩＝4

いのち

装幀・画＝早川良雄

かなしい人々

草一本ない
小高い丘の中腹に
棒杭《ぼうくい》のような土くれが
まるでビール瓶《びん》でも並べたよう、
これがマライ人の墓である。
名も何にも刻《きざ》んではない
なかには崩《くず》れ　倒れているのもある。
花なぞあげた形跡《けいせき》はまるでない、
動物のように
生れては生き

生きては死んでゆく人々。
ただ
この土くれだけが
人間の証《あかし》となっているのだ。

北川冬彦（きたがわ　ふゆひこ）一九〇〇〜一九九〇
「夜陰」より。詩集「戦争」「馬と風景」「実験室」他

＊

〈編者の言葉〉　福島県安達郡二本松町《ふくしまけんあだちぐんにほんまつ》（今の二本松市）のわたしの故郷《こきょう》には、わたしが九歳《さい》のとき死んだ生母と、戦後五年目の夏、あわただしく逝《い》った継母《けいぼ》の骨が、いっしょの墓地《ぼち》に埋めてある。

秋は落ち葉に埋もれ、冬は雪をかぶってその墓石《はかいし》はさびしかろうが、雑然《ざつぜん》とした都会のちまたに、いそがしく日を送るわたしは、なかなか墓参《ぼさん》に帰れないでいる。

故郷には、生母の弟、つまりわたしにとっては叔《お》

父《じ》にあたる人がいて、ずっと長い間墓守《はかも》りをしてくれているが、その叔父はおそらく「総領息子《そうりょうむすこ》の豊吉《とよきち》は、東京から四時間もあればこの町に来れるのに、年に一度のお盆《ぼん》にも戻ってこない。なんという親不孝ものだろう」と、近所の人たちにこぼしているにちがいない。その声が聞こえてくるような気がわたしにはする。だが、その声は少しも冷たくはない。「親不孝もの」と言いながら、叔父の意識《いしき》の内側には「おれがこうして長生きしているから、あいつは墓参りに戻ってこなくても、世間から爪《つま》はじきされずにすんでいるんだ。あいつのためにも、おれはまだまだ死ねない」ということばで自分をささえようとする思いがあることが、わたしにはわかっているのだ。叔父のその自負《じふ》に、わたしはあまえているようだ。いつまでも墓守りをしていてほしい。あまえは、そんな願望になって叔父のところへ走るのだが、かれはそんなわたしの思いを知ってくれるだろうか。

帰途《きと》

言葉なんかおぼえるんじゃなかった
言葉のない世界
意味が意味にならない世界に生きてたら
どんなによかったか

あなたが美しい言葉に復讐《ふくしゅう》されても
そいつは　ぼくとは無関係だ
きみが静かな意味に血を流したところで
そいつも無関係だ

あなたのやさしい眼のなかにある涙
きみの沈黙《ちんもく》の舌からおちてくる痛苦《つうく》
ぼくたちの世界にもし言葉がなかったら
ぼくはただそれを眺《なが》めて立ち去るだろう

あなたの涙に　果実の核ほどの意味があるか
きみの一滴《てき》の血に　この世界の夕暮れの
ふるえるような夕焼けのひびきがあるか

言葉なんかおぼえるんじゃなかった
日本語とほんのすこしの外国語をおぼえたおかげで
ぼくはあなたの涙のなかに立ちどまる
ぼくはきみの血のなかにたったひとりで帰ってくる

田村 隆一（たむら りゅういち）一九二三〜一九九八

「言葉のない世界」より。詩集「新年の手紙」「死語」他

＊

〔編者の言葉〕　内村剛介《うちむらごうすけ》氏。太平洋戦争の敗戦と同時にソビエト※軍にとらえられ、ロシアの獄《ごく》に十一年という長い歳月《さいげつ》をすごす。氏はそこで何を見たか。それは氏の著書『生き急ぐ』に示され、鋭く人の胸をうつ。この本の中につぎのような一節がある。

「金属は監房《かんぼう》では禁じられている。しかし紙ほど恐れられてはいない。……紙と文具はじっさいに『武《ぶ》器《き》』なのだ。刃物《はもの》が刺《さ》すにしてもたかが知れている。ところがことばが刺すときはひとは血を出さずに悶《もん》死《し》する。」

なぜ、権力者《けんりょくしゃ》は庶民《しょみん》のうちにひそむ〈人間〉のことばをおそれるのだろうか。それは〈人間〉のことばには、武器の力をはねのけて、なんの遠慮《えんりょ》もなしに〈真実〉を照らし出す光源がひそめられているからにほかならない。

※ソビエトは現在ロシア。

夜汽車

今停車場を出たばかりの
夜汽車が走ってゆく
灯火が輝いて
いろ〳〵の乗客がまだ起きてゐ《(い)》るのが
美しく淡《あわ》く見える
星の中の人達のや《(よ)》うに
無言の美しさに満ちて

千家　元麿（せんげ　もとまろ）一八八八〜一九四八
「夜の河」より。詩集「自分は見た」「虹」「夏草」他

＊

〈編者の言葉〉　わたしが小学校五年生のころだったろうか。ある夜、町の製糸《せいし》工場で働いていた女工のひとりが東北本線に飛びこんで死んだ。

「女が汽車にひっかかったぞう」という声に、わたしも事故現場《じこげんば》に走った。女の肉体は、これが人間かと思われる無惨《むざん》さで砕《くだ》かれていた。おとなたちは、飛び散った肉の破片《はへん》をスコップや熊手《くまで》のようなもので集めていたが、動作はゴミを集めるような乱暴《らんぼう》さで、子ども心にも死んだ女があわれでならなかった。

その晩、わたしは、人間がこわれていくことのおそろしさを考えて、なかなか眠りにはいることができなかった。眠れないまま外へ出ると〝向山《むかいやま》〟と呼んでいる丘のふもとを夜汽車が通っていった。さっき、あの若い女の体を砕いたレールの上を走る夜汽車の窓明りが、かなしいまでに冷たく、わたしは夜気をきって遠ざかるその窓明りを、いつまでもいつまでもながめていたのだった。

冬は

冬は
手から冷《ひ》える時と
足から冷える時とがある

悲しみは
いつも真すぐ心に来る

高見　順（たかみ　じゅん）一九〇七～一九六五
「わが埋葬」より。著書「高見順全集」詩集「死の淵より」他

＊

〔編者の言葉〕　同級生のS君が肺結核《はいけっかく》で福島《ふくしま》市の病

院に入院したのは、高等小学校二年のときだった。すぐ見舞いにと思ったが「肺病はうつるから」とまわりにとめられ、こらえなければならなかった。

S君を見舞ったのは、福島市の師範《しはん》学校《がっこう》の寄宿舎《きしゅくしゃ》にはいってすぐだった。S君と母親は心から喜び、お茶を出し、病院のカレーライスをとってくれた。だが、わたしはそれに手を出すことができなかった。病気がうつる、そのおそれが頭をよぎったのだ。ふとS君を見ると、そこには悲しそうにわたしを見る目があった。その目につき動かされるように、わたしはお茶を飲み、カレーライスをほおばった。

S君は、やせこけたほおに笑《え》みをうかべ、得意《とくい》だった似顔絵《にがおえ》の腕をふるって〝鞍馬《くらま》天狗《てんぐ》〟にふんした嵐寛寿郎《あらしかんじゅうろう》をえがいてくれた。腕の細さが目にしみた。

その年の冬、S君が死んだ、という知らせを寄宿舎でうけとった。その知らせを聞いたとき、わたしはかれの枕辺《まくらべ》で、衝動的《しょうどうてき》であったにせよ、お茶を飲み、カレーライスをほおばっておいてよかった、と思うのだった。

眠りの誘《さそ》ひ

おやすみ　やさしい顔した娘たち
おやすみ　やは《（わ）》らかな黒い髪《かみ》を編んで
おまへ《（え）》らの枕もとに胡桃《くるみ》色にともされた燭台《しょくだい》のまは《（わ）》りに
は
快活な何かが宿ってゐ《（い）》る（世界中はさらさらと粉の雪）
私はいつまでもうたってゐてあげよう
私はくらい窓の外に　さ《（そ）》うして窓のうちに
それから　眠りのうちに　おまへらの夢のおくに
それから　くりかへ《（え）》しくりかへして　うたってゐてあげ

よう
とも し火のやう《（よ）》に
風のやうに　星のやうに
私の声はひとふしにあちらこちらと……

するとおまへらは　林檎《りんご》の白い花が咲き
ちひ《（い）》さい緑の実を結び　それが快《こころよ》い速さで赤く熟《う》れる
のを
短い間に　眠りながら　見たりするであら《（ろ）》う

立原　道造（たちはら　みちぞう）一九一四〜一九三九
「暁と夕の詩」より。著書「立原道造全集」他

＊

〔編者の言葉〕　夫婦《ふうふ》が離婚《りこん》するというとき、なにかとごたごたが起きるものらしいが、そのおもな原因

は、たいてい金銭《きんせん》と子どもにあるようだ。

金銭のほうは、割合解決が早いのだが、子どもの問題はなかなかすっきりいかず、おたがいが自分のほうで引きとると主張してこじれるのだ。わたしは独身時代《どくしんじだい》、子どもの所有権を主張して譲《ゆず》りあわぬ離婚者たちの気持ちが理解できなかった。新しい生活を始めるのに身軽なほうがいいではないかと思った。

ところが、結婚《けっこん》して子どもができて、はじめてこの離婚者たちの気持ちがわかった。たとえ離婚しても、子どもはやっぱり自分の子どもなのだ。それはどうしても理屈《りくつ》では割りきれぬ感情なのである。

夜おそくまで続いた仕事から解放され、家に帰るとすぐ子どもの寝息をうかがう。寝息があまりに静かだと心配になって、鼻の近くにそっと手を近づけ、呼吸《こきゅう》をうかがってみたくなる。時にはゆり動かす。

子どもへの愛情、あるいは人間への執着心《しゅうちゃくしん》。これは親になってはじめて知ったものだった。だから、離婚に際して子をうばいあう親の心をあたりまえだと、すなおに思えるように、わたしもなったのだ。

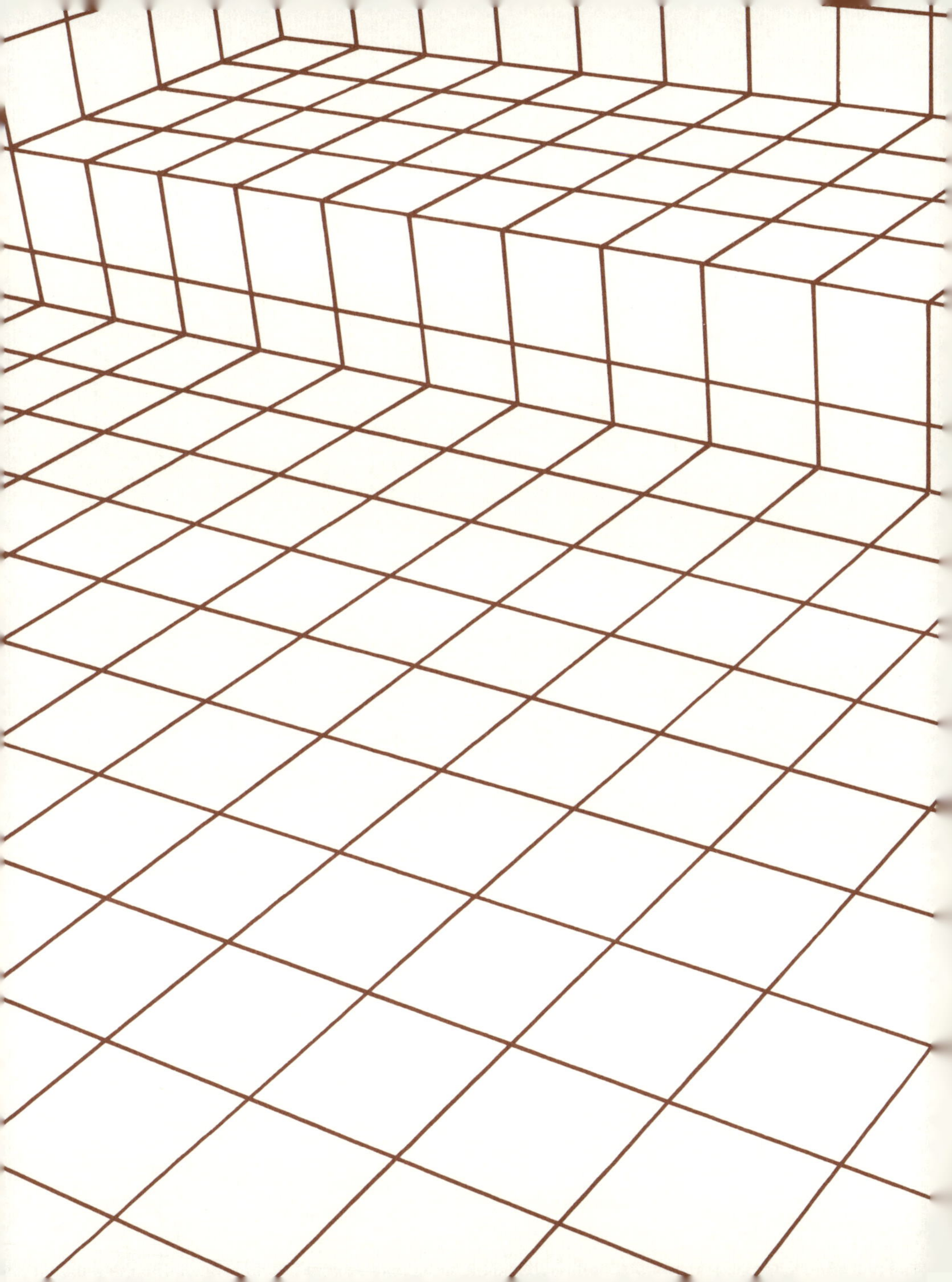

野のまつり

空いろのスカートをはいた少女たちが
ひろい野原でステップをふむ
すると　その足もとから
ぐん！
と芽を出す春の草
おさげがぷらんぷらんゆれるたびに
その先から
うまれてとび立つ春のちょう
こんどは森でかくれんぼ

少女たちは　いっぽんいっぽんの木のかげに
いそいでかくれて　クスクス笑いをかみしめる
するとみるまに
木はしなやかな枝葉をのばして
やさしく少女をかくまってしまう
遠くのほうから
なにやら聞こえるさざめきに
ひとびとが　さそい合わせていってみると
野も森も
いちめんみどりにぬりかえられて
少女のすがたは　ひとりも見えない

新川　和　江（しんかわ　かずえ）一九二九〜
「新川和江詩集」より。詩集「つるのアケビの日記」他

＊

〔編者の言葉〕　春と秋、一年生の子どもたちをつれて、多摩川《たまがわ》の川原《かわら》に遊びにいく。石があり、水があり、春は若草が萌《も》え出ていて自然の運動場になり、秋は子どもの背の二倍ものびたススキがあり、コオロギ、バッタが飛びかう自然の昆虫園《こんちゅうえん》になっている。

子どもたちは、日常は体験できぬ広大な自然のなかにほうりだされ、ひどく興奮《こうふん》する。草原や砂地に体を投げ出し、大声をあげながらころげまわる。

川原には※国電南武線《なんぶせん》の鉄橋《てっきょう》がかかっていて、二十分に一本ぐらい電車が通る。すると、子どもたちは歓声《かんせい》をあげて鉄橋の下まで走る。

「こんにちは――」「さよーなら」子どもたちはいっせいに手をふる。すると、どの車掌《しゃしょう》さんも、後尾《こうび》の車掌室から体を乗り出して手をふってくれる。子どもたちは、それがうれしくてたまらないのだ。

春につれていき、また秋の遠足が近づくと、子どもたちはあの川原を待ちこがれるのだ。

※国電南武線は現在ＪＲ南武線。

とおい歌

すてたものに
ひろわれる。
ひろったものに
すてられる。

私たちがとまどうのは
そこ。
とだえた歌は
そこ。

とおい空で
とおい花火。
とおい耳に
とおい愛。

すてた舟に
すくわれる。
ひろった車に
ひきころされる。

私たちがとまどうのはいつも
そこ。
とだえた歌はいつも
そこ。

とおい海で
とおい花火。
とおい意識に
とおい死。

安水稔和（やすみず　としかず）一九三一～
「やってくる者」より。詩集「存在のための歌」他

*

〔編者の言葉〕一九四四（昭和十九）年のはじめ、学業を中途《ちゅうと》にして軍隊《ぐんたい》にはいった。〝学徒出陣《がくとしゅつじん》〟という名で呼ばれて月給《げっきゅう》九円の兵隊《へいたい》になったのだった。
その年の九月、師《し》範学校《はんがっこう》でわたしたちの卒業式がおこなわれたことを熊谷《くまがや》（埼玉県《さいたまけん》）の飛行場《ひこうじょう》の兵舎《へいしゃ》で聞いた。まだ軍隊にはいっていなかった同級生たちは、おのおの赴任先《ふにんさき》の学校へ行き、わたしも名目上は教師ということになり、事務上の手続きとし

て、月給四十八円で生まれ故郷の隣村岳下村《りんそんだけしたむら》※の国民学校（小学校の戦時中の呼び名）に赴任することになったという。兵隊の月給は九円だから、とうぜん、そこに三十九円の差《さ》が生じたことになる。

わたしは不公平だと思ったが、聞きただしてみると、その差額《さがく》は県から留守宅《るすたく》に支払われるという。わたしはそれをとうぜんと思い、三十九円は毎月父母のところへとどいているものと信じていた。

ところが、生きて帰って、その金のことを親にたずねてみたら、ビタ一文も受けとっていないという。県に問い合わせると、支払ってあるといい、赴任先の学校では受領していないの一点ばりでらちがあかない。ただ明白なのは、どこかで、だれかが横領《おうりょう》し、あとはしらんふりをしているということだった。

「皇国《こうこく》」のためにいのちをささげよ、と言われて一年半。そのわたしへの、これが「神国日本」とよばれた国の待遇《たいぐう》であった。国とはいったい何なのか。その深い疑いからわたしの〈戦後〉ははじまったのだった。

※岳下村は福島県安達郡にあった村で、現在の二本松市南西部。

泥《どろ》

あすこにも椿《つばき》の木が　ぼってりした花をつけている
疲れたような花　花を眺《なが》めているとあれはもう
単なる花ではなくなる　肉体同然だ　血で重たくなった
　寂《さび》しさ
やがて　縊《くく》られたようにぽたりと落ちるのだ　落ちてし
　まえば
あれも　泥《どろ》でできているのがわかってくる　ひとにぎり
　の
地球の上のいたるところで倒れた無名戦士のように
あとかたも残らず栄誉《えいよ》も知らず　決してかえる日は無い

のだ

金　井　直（かない　ちょく）一九二六～一九九七
「疑惑」より。詩集「飢渇」「悲望」「Ego」「薔薇」他

*

〔編者の言葉〕　ハバロフスク。人口五十万のこの都市は、アムール地方の中心地として※ソビエト連邦での重要な地位を占めるところだが、日本人には、太平洋戦争後抑留《よくりゅう》され、そのまま死んでいった人びとの墓地《ぼち》がある都市として親しい。ある年の夏、わたしは、街《まち》の郊外《こうがい》にある、その静かな墓地をたずねた。
墓石《はかいし》は百以上もあったろうか。よく手入れのいきとどいた墓地のなかに、いくつか無名の墓石があるのだが、それがわたしには悲しかった。生前はまぎれもなく自分の名を持っていた人びとなのに、無名のまま、疲労《ひろう》と飢《う》えと寒さのなかで命を落とし、そのまま異国の地に葬《ほうむ》られた人びと。去りがたかった。去りがたい思いでたたずむわたしの目に、美しく咲きそっている夏の花々が冷たくうつっていた。

※ソビエト連邦は現在ロシア。

利根川のほとり

きのふ《(う)》また身を投げんと思ひ《(い)》て
利根川のほとりをさまよひ《(い)》しが
水の流れはやくして
わがなげきせきとめるすべもなければ
おめおめと生きながらへ《(え)》て
今日もまた河原に来り石投げてあそびくらしつ。
きのふけふ《(きよう)》
ある甲斐《かい》もなきわが身をばかくばかりいとしと思ふ《(う)》うれしさ
たれかは殺すとするものぞ

抱きしめて抱きしめてこそ泣くべかりけれ。

萩原　朔太郎（はぎわら　さくたろう）一八八六～一九四二
「純情小曲集」より。著書「萩原朔太郎全集」他

＊

〔編者の言葉〕　日本の各地には、盂蘭盆《うらぼん》の終わりの夜、川へ燈籠《とうろう》を流す風習が残っている。これは、川の果てに、死者を暖かく葬《とむら》い、その魂《たましい》をやさしく鎮《しず》めてくれるくにがある、と古い時代に人間の想像力がえがいたことの名残りであろうか。

継母《けいぼ》が死んだのは、ちょうど月おくれの盂蘭盆《うらぼん》のさなかだった。初七日《しょなのか》の夕、わたしは仏前にそなえた果物やお菓子を蓮《はす》の葉につつんで、阿武隈川《あぶくまがわ》へ流した。包みは浅瀬《あさせ》にうかんでいたが、指でそっとおすと、静かに岸を離れ、流れていった。

果物やお菓子をおみやげに持っていけば、きっと川の果てのくにでやさしく迎《むか》えてもらえるにちがいない。童話じみた話かもしれないが、わたしはそんな思いで、しばらく川岸に立っていたのだった。

遠い別れ

明日あたり　春が訪れそうな静かな夜。
幼い子供と寝てその眠る顔に　なぜか
ぼくが死ぬとき彼が感じるであろう
驚きや悲しみや怖《おそ》れなどをふと想像する。

清岡　卓行（きよおか　たかゆき）一九二二～二〇〇六
「四季のスケッチ」より。詩集「日常」「固い芽」他

＊

〔編者の言葉〕　親は子どもにとっていい人間であることにこしたことはない。だが、なんの欠点もない完璧《かんぺき》な親は、子どもにとってどんなものであろうか。
五十をこえ、日常なにかのおり、ふと死を意識《いしき》す

るようになったわたしは、わが生き方を見つめながら、親は子のために、ほどよく悪くあったほうがいいのではないか、とそんなことを考えるのだ。

人の死は、どんな場合もつねに切なく、悲しい。とくに肉親の場合はそれが強烈《きょうれつ》だ。そして死者が残された生者たちに美しいイメージをきざみつける人間であればあるほど、その切なさ、悲しみは生者の胸のうちに長く尾を引く。

子どもが、美しかった親のイメージから一生解放されず、死者への追憶《ついおく》を重荷《おもに》として背負いながら生き続けねばならぬ、ということは、ある意味では不幸なことである。わたしはそんな不幸を子どもたちに残したくない、と思う。

死なれて悲しい。しかし、なんとなくほっとした、と感じる。そのほっとする感じをあたえる程度に悪い親でありたい、と近ごろしきりに考えるのであるが、こんなわたしの考えは、人間としてまちがっているのだろうか。

また来ん春……

また来ん春と人は云《い》ふ《(う)》
しかし私は辛《つら》いのだ
春が来たって何になろ
あの子が返って来るぢ《(じ)》ゃない

おもへ《(え)》ば今年の五月には
おまへ《(え)》を抱いて動物園
象を見せても猫《にゃあ》といひ《(い)》
鳥を見せても猫《にゃあ》だった

最後に見せた鹿《しか》だけは
角《つの》によっぽど惹《ひ》かれてか
何とも云《（わ）》はず　眺《なが》めてた

ほんにおまへもあの時は
此《こ》の世の光のたゞ中に
立って眺めてゐ《（い）》たっけが……

中原　中也（なかはら　ちゅうや）一九〇七〜一九三七
「在りし日の歌」より。著書「中原中也全集」他

*

〔編者の言葉〕　もう何年前のことになるだろう。国※電中央線の吉祥寺《きちじょうじ》―三鷹《みたか》間がまだ高架《こうか》になっていなかったころのある年――二学期がはじまった九月一日。ユカちゃんという一年生の女の子が無人踏切《むじんふみきり》で電車に触れて死んだ。上りと下りの電車のすれちが

いに気づかず、一方の電車が通りすぎたとき、飛び出したのだ。美しい死に顔だったという。

担任《たんにん》のA先生は、その日から二ヵ月ほどの間、げっそりとやせ、ほとんどものも言わずに、ぼうっと日を送ることが多かった。まわりがいくらなぐさめても「ユカちゃん、まだ夢に出てくるもんな」と言って目をうるませるのだった。

そのできごとがあってから、何年もの間、A先生は九月一日が近づくと、ゆううつになってくるのだった。その九月一日が無事にすぎると、かれはわたしに言ったものだった。「遠藤《えんどう》さん、あの事故にあわなければ、ユカちゃんは、いま○年生だな。」

やがて、中央線は高架になった。わたしたちは地上から五メートルも高いところを走る電車を見ながら「ああ、これで子どもの鉄道事故もなくなる」と話し合ったものであるが、A先生はそのつど「でも、ユカちゃんはもどってこない」と、ことば少なに、そうつぶやくのだった。

※国電中央線は現在JR中央線。

語《ご》彙《い》集《しゅう》 第七章

僕は歌わなかった
愛しもしなかった
くちづけもしなかった
紙の上では

僕は時をすごしはしなかった
生にそして死に
狎《な》れはしなかった
紙の上では

僕は怒《おこ》らなかった
壊《こわ》さなかった
つくらなかった
紙の上では

夜そして昼
時は熟《う》れない
虎《とら》も豹《ひょう》も決してわめかないで死ぬ
紙の上では

中江 俊夫（なかえ　としお）一九三三〜
「語彙集」より。詩集「20の詩と鎮魂歌」「拒否」他

＊

〔編者の言葉〕　わたしの知っているある小学校に、
※文部省がさだめた「道徳教育《どうとくきょういく》」に異常なほど情熱《じょうねつ》を

燃やす女教師《じょきょうし》がいた。

たとえば「人に迷惑《めいわく》をかけない」という項目があるとする。その項目に結びつく文学作品を子どもたちにあてがい、テーマを探らせ、そのテーマをささえる登場人物と同じ生き方を明日からしましょう、と強要するのである。

一事が万事その調子だから、彼女の教室は、はたから見ても息苦しいほどだった。はたで見てさえそうなのだから、教室内の子どもたちにとっては耐《た》えきれぬ窮屈《きゅうくつ》さだったのだろう。女教師の目の前では従順《じゅうじゅん》、誠実《せいじつ》をよそおっていたが、裏では「よい子」の衣裳《いしょう》をかなぐり捨て、思いっきり羽根をのばした。あたかも、教えられ、強制された道徳の項目を一つ一つ破壊《はかい》しようとでも決意したかのように。

そんな荒れぐあいを彼女が知らぬはずはない。しかし、彼女は、ますます「道徳的教育」に精励《せいれい》していくのだった。やがて彼女はその「努力」が認められたのだろう。「えらい先生」になって、ほかの小学校へ「栄転《えいてん》」していったのだった。

※文部省は現在文部科学省。

ある日ある時

秋の空が青く美しいという
ただそれだけで
何かしらいいことがありそうな気のする
そんなときはないか
空高く噴《ふ》き上げては
むなしく地に落ちる噴水の水も
わびしく梢《こずえ》をはなれる一枚の落葉さえ
何かしら喜びに踊《おど》っているように見える
そんなときが

黒田 三郎（くろだ　さぶろう）一九一九〜一九八〇
「ある日ある時」より。詩集「定本黒田三郎詩集」他

*

〔編者の言葉〕　生まれ故郷《こきょう》を離れて長い時がたつ。少年のころ、血をたぎらせた秋祭りも、ずいぶん遠い日のことになってしまった。

　お祭りになると、十銭《せん》という、日ごろもらったことのない小づかい銭をもらった。その十銭白銅《はくどう》を、汗のにじむほどにぎりしめて、大道商人《だいどうしょうにん》の開く店の前を何度も行き来した。七徳《しちとく》ナイフ、吹き矢、財布《さいふ》、万年筆《まんねんひつ》……買いたいものがたくさんあった。あれを買えばこれが買えなくなる、これを買えば……。こうして、お祭りの三日間がすぎてしまう。

　お祭りのすんだつぎの朝の町は、白々と冷たく、そしてうつろだった。使わずじまいになった十銭。ほしいものを買わなかった悔《く》いと、むだづかいをしなかったことの安堵感《あんどかん》が入りまじった奇妙《きみょう》な感情で、少年のわたしはその町なかに立つのだった。

夕やけ

妙高山《みょうこうさん》に
日がしずめば
まっかな夕やけです。

だっこしたまま
夕やけの空をみつめる
赤ちゃん。

ことばひとつもたないのに
どんなことばで

どんなことを
おもいつめているのだろう。

高橋　忠治（たかはし　ちゅうじ）一九二七～
「おふくろとじねんじょ」より。詩集「かんじきの歌」

＊

〔編者の言葉〕　東京にはめずらしい美しい夕焼けの日だった。わたしの乗っていた電車に四歳《さい》ほどの女の子をつれた若い母親が乗ってきた。女の子はくるりと窓のほうに体をむけると「あ、お空がまっか！」とさけんだ。「ママ、お空がまっかよ！」興奮《こうふん》して女の子はまたさけんだ。すると、女性週刊誌《しゅうかんし》を読んでいたその母親は「静かにしなさい！　夕方になると、夕焼けができるのはあたりまえよ」と答えた。ぞっとするような冷たいことばだった。
　美しいものに胸ふるわせる子どもの心に、そんなことばでしか応《こた》えることのできぬ母親とは、いったい何なのだろうか。ひどく不愉《ふゆ》快《かい》な夕方だった。

ゆづり葉

子供たちよ
これは譲《ゆず》り葉の木です
この譲り葉は
新しい葉ができると
入り代ってふるい葉が落ちてしまふ《(う)》のです

こんなに厚い葉
こんなに大きい葉でも
新しい葉ができると無造作《むぞうさ》に落ちる
新しい葉にいのちを譲って――

子供たちよ
お前たちは何を欲《ほ》しがらないでも
凡《すべ》てのものがお前たちに譲られるのです
太陽の廻るかぎり
譲られるものは絶えません

輝ける大都会も
そっくりお前たちが譲り受けるのです
読みきれないほどの書物も
みんなお前たちの手に受取るのです
幸福なる子供たちよ
お前たちの手はまだ小さいけれど――

世のお父さんお母さんたちは
何一つ持ってゆかない
みんなお前たちに譲ってゆくために
いのちあるもの、よいもの、美しいものを
一生懸命に造《つく》ってゐ《(い)》ます

今、お前たちは気が付かないけれど
ひとりでにいのちは伸びる
鳥のや《(よ)》うにうたひ《(い)》
花のやうに笑ってゐる間に
気が付いてきます

そしたら子供たちよ
もう一度譲り葉の木の下に立って

ゆづり葉を見る時がくるでせう《（しょ）》

河井酔茗（かわい　すいめい）一八七四～一九六五
「紫羅欄花」より。詩集「無弦弓」「塔影」「酔茗詩集」他

＊

〔編者の言葉〕　はじめておとずれた水俣《みなまた》※のまちは、みょうに白っぽいまちとしてわたしの目にうつった。水俣病《みなまたびょう》の原因をつくったチッソの工場のわきをとおるとき、どろりと白濁《はくだく》した液体を、まんまんとたたえた池を見たが、わたしを案内してくれた人の話によると、それは、有機《ゆうき》水銀《すいぎん》をふくんだ廃水《はいすい》のため池であるという。太陽の光をうけて、その池はぶきみに光っていた。
　丘《おか》の上にのぼると、眼前に紺碧《こんぺき》の美しい海がひろがっていたが、その海には一そうの船も浮かんでいなかった。漂白《ひょうはく》されたようなまちと、死んだ海。わたしは、そこにまぎれもない経済高度成長の足あと

を見た。

国が金持ちになるために、人間を歯車のように動かして、じゃんじゃん品物をつくり、それをじゃんじゃん売りまくったが、精神的豊かさは何ひとつ生み出さなかった日本の高度成長。水俣《みなまた》は、その一つの実験場だった。

おびただしい数の人間を殺《ころ》し、また、おびただしい数の人間を傷《きず》つけ、そして国と、国に奉仕《ほうし》する企業だけがぶくぶくと肥満《ひまん》していく現象を〝無気味《ぶきみ》〟と感じつつも、そのおこぼれにありつくことの「シアワセ」のために黙認《もくにん》してしまった、わたしたちの人間的怠慢《たいまん》。

わたしは、体と心を針《はり》でさされるような痛《いた》みを感じながら、水俣《みなまた》の白っぽいまちのなかに立っていたのだった。

わたしは、全身を針《はり》でさされるような痛《いた》みのなかで考えていた。いま、日本の親たちが、子の世代に、胸を張ってゆずり渡《わた》せるものが、この日本のどこにあるのだろうか、と。

荒《あ》れた田、やせた山、魚のすまなくなった海、そしてよごれた空気。そんな自然しかゆずり渡《わた》せぬとしたら、わたしたちは文明の名で、それとはまったくちがう反文明をつくってきたのではないだろうか。

※水俣は熊本県水俣市。

ナワ飛びする少女

半円の縄《なわ》が
天を小さく切ったとき
もう君は足許《あしもと》のそれを飛び

半円の輪が君の頭上を越えてき
君がまたそれを越える
たえず君をつつむ円球を形づくるために

そうして掬《すく》いとる天と地との交替から
生じる律動《りつどう》を　君の眼がかがやいて歌う

跳躍《ちょうやく》の中にこそ　生のよろこびがあると
少女よ
額《ひたい》が汗ばみ　頭髪がかるく叩《たた》いている
君を冷《さ》まし　君をなだめるように

藤原　定（ふじわら　さだむ）一九〇五～一九九〇
「距離」より。詩集「天地の間」「僕はいる　僕はいない」

＊

〈編者の言葉〉　月曜日――学習塾《がくしゅうじゅく》、火曜日――書道塾、水曜日――学習塾、木曜日――英語塾、金曜日――学習塾、土曜日――ピアノ、日曜日――ピアノの自宅レッスン。これは小学校二年生の女の子のスケジュールである。このうえ、土曜日にフランス語まで習いにかよいはじめたという。平日は学校があるわけだから、この子の遊ぶ時間はまったくない。
この苛酷《かこく》なスケジュールを組んだのは母親である。

なにごとも小さいうちから仕込んでおけば、きっとすばらしい人間に成長するにちがいない、というのが母親の考えなのだそうだ。むろん、善意《ぜんい》なのである。だが、善意であるだけに始末《しまつ》がわるい。善意には限度《げんど》がないからである。

ある日、母親が心配そうに語ったという。「この子は、なんでもすなおにやってくれる子ですが、夜、おしっこをもらすのが欠点で――」と。心配そうにそう語りながら、その子の勉強の話になると、とたんに声をはりあげて「なにしろフランス語のほうも熱心《ねっしん》で、近ごろは寝言《ねごと》にもフランス語がまじるほどなんですよ」と、こんな調子になるのだそうだ。

友だちと遊ぶこともできない、なわ飛びもできないし、石けりもできない。こんな子に楽しい未来があるのだろうか。フランス語で寝言を言うほど追いつめられているから、毎晩のようにおしっこをする、というかんたんな理屈《りくつ》が見えないこの母親のもとで、この子はどんな明日を見つめているのだろうか。

かめ

むかし
かめは　おしゃべりだった。

そのころ
鳥や虫も
かめのおしゃべりに
あいづちうって聞いていた。

年がたつにつれ
鳥たちも

かめのおしゃべりに
たいくつしはじめた。

おしゃべりずきのかめは
あたらしい聞きてをさがして
旅《たび》に出た。

山こえ。
野こえ。

けものも魚《うお》も
かめを見ると
うるさいやつがきた
と、すがたをかくした。

だあれも聞いてくれない。

ひとりになったかめは
山のてっぺんにきて
大声にわめきたてた。
だれかれかまわず
名をあげて
かげ口わる口　しゃべりたてた。

しゃべりたてると
首《くび》をひっこめ
ぐうすかとねむった。
いびきのあいまに

つい、うっかり
神さまのわる口をいっちゃった。

神さまも
はらにすえかねて
〝かめは　一万年
口をきいてはならぬ〟
と、おつげになった。

かめは
きょうもむっつりしている。
かめは
あすもだまりこくっている。

しゃべりたいのを
じっと、せなかで
こらえているから
こうらがだんだんかたくなる。

こうらもとけるほど
ああ、
はげしくしゃべりたい。
かめは
その日をまっている。

高橋　忠治（たかはし　ちゅうじ）一九二七〜
「おふくろとじねんじょ」より。詩集「かんじきの歌」

＊

〔編者の言葉〕　スターリン体制下のソビエト連邦※で

真実を語ろうとしたものが、どのような苦難《くなん》を背負わなければならなかったかを、内村剛介《うちむらごうすけ》氏は『生き急ぐ』で克明《こくめい》に語る。その〝あとがき〟に言う。

「著者もソビエト国家に対して〝戦争犯罪人《せんそうはんざいにん》〟であるわけがない。……生き残って今娑婆《しゃば》にある者が、死者に代わって、獄中《ごくちゅう》にある者に代わって語らないとしたら、それは犯罪であると言っていいだろう。著者のような臆病卑小《おくびょうひしょう》な者でなくて果敢《かかん》に高く頭を上げて真実をその肩に担《にな》おうとした者はみずからあらかじめ死者の運命を選んだというべきであって、その声はついに地下に消えざるをえなかったのだ。」

だから内村氏はペンを執《と》り〈ことば〉を刃《やいば》として抑留体験《よくりゅうたいけん》の背後《はいご》にある黒々とした状況に斬《き》りこむのである。しかし、このメッセージは伝達可能《でんたつかのう》か。状況はいまも暗く、そして重い。だが氏はペンをすてない。「無益《むえき》かも知れぬが、少なくとも死者との約《やく》束《そく》は果たすべきだ。さもなければ、著者はこんどこそまさに〝犯人〟であるだろう」このことばの重さに、わたしはわが足もとを見続けるのである。

※ソビエト連邦は現在ロシア。

忘れた秋

母秋子《ときこ》に

どうしてあの人はここにいるのだろう
私たちといっしょにこの夜明け
昨日より大きくなった月の下に
昨日とおなじ寝床《ねどこ》の上に

なぜこの人はたった今
息をしなくなったのだろう
私たちがふと話しやんだときのように
またゆうべすやすや眠っていたように

もうあなたは話してはいけないと
誰がこの人に告《つ》げるのだろう
きっと私たちより早く知りたいのに

昨日よりもっと静かなこの人は
どうしてまだここにいるのだろう
私たちといっしょの月のいい晩に

岸田衿子（きしだ　えりこ）一九二九〜二〇一一
「忘れた秋」より。詩の他、絵本「かばくん」などがある。

＊

〔編者の言葉〕　一九三三年十二月二日の朝、粉雪の舞い散るなか、わたしの生母は福島《ふくしま》市の病院で死んだ。母の遺体《いたい》は、霊柩車《れいきゅうしゃ》に乗せられてその日の夕方、わたしたちの家へ帰ってきた。ふつうの車でなく、金ピカの車に乗せられて帰ってきた母親を、よほどえらいものと思ったのだろうか。小さな弟たち三人は「おらうちの母ちゃんは、このなかに乗っている」「おらうちの母ちゃんは……」と、霊柩車《れいきゅうしゃ》のまわりをぐるぐるまわりながら、はしゃぎあっていた。

わたしは九歳《さい》。人間の死の悲しみがわかる年になっていた。その夜、わたしはひとり、二階にあがって泣いていたが、母の死の報せを受けて駆《か》けつけていた生母の妹が、とんとんと階段《かいだん》をあがってきて、わたしの前にすわり「豊吉《とよきち》、男が泣いてどうする！　おまえが泣いたって母ちゃんは帰ってこないんだ」と、きびしい口調で語った。わたしは、はっと涙をふき、叔母《おば》の顔を見た。「泣いてどうする！　おまえが泣いたって……」と言う叔母の目にも、大粒の涙が光っていた。

その叔母も、いまはもう亡《な》い。そして風の便りによると、わたしが泣いたその二階建ての小さな借家《しゃくや》も、すでにとりこわされて、ないという。

海岸

もう一度　海が輝いたなら
おきあがれ　私のこころよ
もう一度　風が起ったなら
たちあがれ　私の翼《つばさ》よ

この岸から　人の知らない所へ
白い雲のや《よ》うに　旅して行か《こ》うよ

この岸の砂丘で　私がみあげてゐ《い》た

私を慰《なぐさ》めてゐた　あの白い雲のやうに

阪本　越郎（さかもと　えつろう）一九〇六～一九六九
「海辺旅情」より。詩集「雪の衣裳」「貝殻の墓」他

＊

〔編者の言葉〕「海の上空から洋上に浮かぶ艦船《かんせん》を見ると、畳《たたみ》の上においた縫《ぬ》い針《ばり》のように見える。航《こう》路《ろ》は縫い針につけた白い糸のように、くっきりと目にうつってくるはずだ。発見したら、一瞬《いっしゅん》も目を離さずに突《つ》っこんでいく。」
特別攻撃隊員《とくべつこうげきたいいん》として、海洋飛行訓練《かいようひこうくんれん》のとき、教員はそうわたしたちに教えた。海上に飛び出してみると、海の姿《すがた》、艦船の姿は、まったく教官の言うとおりだった。空から見る海の表は、油を流したようにどろっとした感じで、その広さと重量感にわたしは圧倒された。しかし、そこで死ぬという実感はまったくわかず、機体もろとも蝶《ちょう》に変身していくような錯覚《さっかく》にとらわれ、その錯覚にしばし身をまかせてただよい続けることがしばしばあった。

味噌汁《みそしる》

朝は味噌汁をすゝるんだとよ
くらいうちの門《かど》さきを過ぎる豆腐《とうふ》屋をよびとめて
朝はどの家でも味噌汁をすするんだとよ

——どの家でも
鍛冶屋《かじや》のやうに火を閃《ひら》めかして
くらがりのなかで味噌汁をすゝるんだとよ

百田 宗治（ももた そうじ）一八九三〜一九五五
「何もない庭」より。詩集「最初の一人」「一人と全体」他

＊

〔編者の言葉〕　夏がすぎるころになると、毎年きまっていなかの父親から味噌《みそ》が送られてくる。「東京にも味噌は売っているから」と言っても「東京の味噌は、味噌じゃない」と言う。「去年のがまだ残っている」と言うと「年季のはいったものほどうまいことになっている」と言って送ってよこすのだ。

妻も近ごろは「おじいちゃんも、味噌を送ることが楽しみで生きているんでしょうから、もうことわるのはやめましょう」と言うようになった。

最近の若者は西洋風のスープやシチューの類を好み、味噌汁にはあまり目をむけないという。わたしの二人の男の子も二十歳《さい》を越した日本の若者であるが、かれらはふしぎに味噌汁を好む。

「西洋式と日本式のお汁を二通りつくらないですむから、手数がかからなくて助かりますわ。これも、おじいちゃんがせっせと味噌を送ってくださるおかげでしょうかね」ある朝、妻はそんなことを言いながら、せっせと味噌汁をつくっていた。

解説

遠藤豊吉

「きびしい夏であった。まるで、空の底が抜け落ちたのではないか、と思えるほどの暑い日がつづいた。この暑い夏のはじめのことである。わが家の門前《もんぜん》に、一羽の雉鳩《きじばと》がむくろとなって落ちていた。隣家《りんか》の奥さんが、それを教えてくれた。わたしは、この雉鳩を両手で抱きとり、わが家の庭に埋めた。

前日の夕暮れ、太陽が地平線の彼方《かなた》に没《ぼっ》して間もなくのことだが、この夏のはじまりを告げる雷雨があった。雉鳩は、その時の雷に打たれたのかも知れなかった。少なくとも、わたしはそう思った。その雷鳴《らいめい》がとどろいたときとは、ちょうどわが家の一人《ひとり》息子《むすこ》が、自らの命を絶って、大空に飛び立ったときにあたっていた。息子が鳩になったようにも、また、鳩がまだ十二歳《さい》でしかなかった息子の従者《じゅうしゃ》になったように思われたのである。雉鳩を葬《ほうむ》り、息子のむくろの前に戻ると、頭上の空気をふるわせるもの悲しい鳩の啼声《なきごえ》が聞こえた。雉鳩は、いつもつがいで暮らすという。おそらくは、むくろとなった雉鳩の共同生活者が、連れの死を悲しんでいるにちがいなかった。そのときから、その雉鳩は、毎日のようにあらわれた。わが家の上空でしばらく啼《な》きつづけ、あたりに悲哀《ひあい》の目にみえない滴《しずく》をふりちらしたあと、いずこへともなく飛び去るのである」

これは作家の高史明《こうしめい》さんの著書『一粒の涙を抱きて』(毎日新聞社刊)のなかの〝生きとし生けるもの〟の一節である。高史明さんは一九七五年の夏、一人息子を喪《うしな》った。真史《まさふみ》君。十二歳であった。真史君の死後、高史明さんと奥さんの手によって、真史君が書きのこした詩文集『ぼくは12歳』が編《あ》まれた。わたしは、この本のなかにおさめられた真史君の作品を読んで胸をつまらせ〝あとがき〟として添えられた高史明さんと奥さんの文章を読んで、ぼろぼろと涙をおとした。〈人間〉として美しく生きようとした少年の生の軌跡《きせき》の悲しさと、血をわけた息子であるその少年を、いわゆる逆縁《ぎゃくえん》で喪わなければならなかった親の悲しみの深さに、わたしの心ははげしく揺《ゆ》れつづけたのだった。冒頭《ぼうとう》に引用した文章は、その年の秋書かれたものであるが、雉鳩《きじばと》にたくして突如《とつじょ》消え去ったわが子を追う親の心の悲しさに、わたしの心はまたしてもはげしく揺れるのである。

人のいのちは、かくまでにいとおしく、美しい。なにがゆえに、かくまで人のいのちはいとおしく、美しいのか。

この巻におさめた十九人の詩人による二十編の詩は、いのちのいとおしさ、美しさをそれぞれの形においてしみじみと暖かくうたいあげる。わたしは、これらの詩編を夜ふけのしじまのなかでふと口ずさんでみる。みずからの心にむけて、静かに口ずさむのである。

●編著者略歴

遠藤《えんどう》　豊吉《とよきち》

1924年福島県に生まれる。福島師範学校卒業。1944年いわゆる学徒動員により太平洋戦争に従軍，戦争末期特別攻撃隊員としての生活をおくる。敗戦によって復員。以後教師生活をつづける。新日本文学会会員，日本作文の会会員，雑誌『ひと』編集委員。1997年逝去。

新版 日本の詩・4　いのち　NDC911　63p　20cm

2016年11月7日　新版第1刷発行

編著者　遠藤　豊吉

発行者　小峰　紀雄

発行所　株式会社　小峰書店

〒162-0066 東京都新宿区市谷台町4-15

電話 03-3357-3521(代)

FAX 03-3357-1027

http://www.komineshoten.co.jp/

印　刷　株式会社三　秀　舎

組　版　株式会社タイプアンドたいぽ

製　本　小高製本工業株式会社

ISBN978-4-338-30704-8

本書は、1978年3月25日に発行された『日本の詩・4　いのち』を増補改訂したものです。